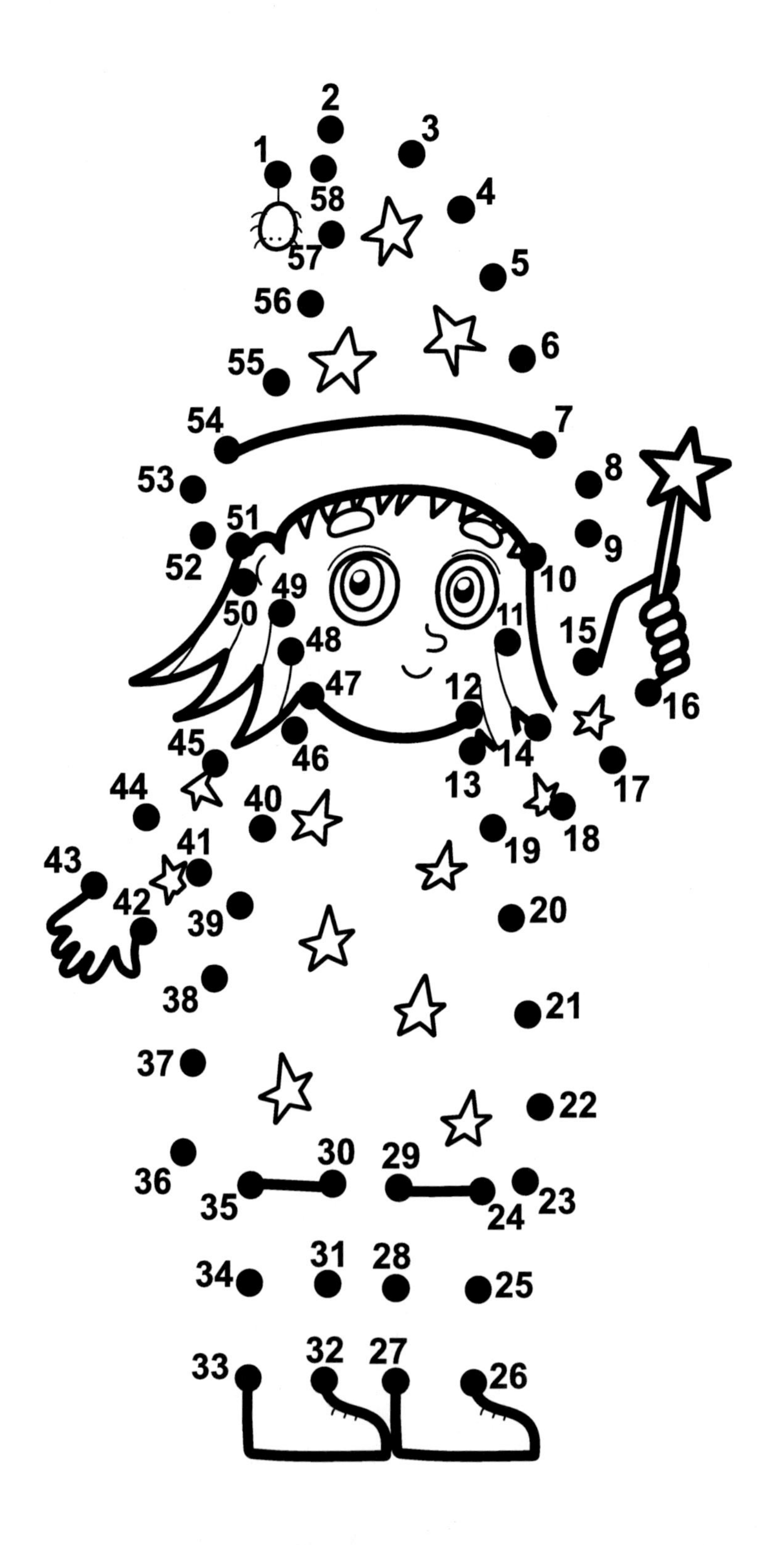

# Can you find me?

# CHRISTMAS TREATS WORD SEARCH

S D M I N C E M E A T Q D K E I Q E S
E F X E I P N I K P M U P V T C M E E
I R D Y Q Y X N Y B Z P O A A N Z P G
R U V G X K S T U F F I N G L R F Q N
R I B O Z R R C B R P G T J O S K U A
E T O N M C L Z K I E O M I C T Z B R
B C Z G L O I M S S E O A F O N P P O
N A W G V E E M D C G S E R H G N Y V
A K N E Q E O N X B R E Y U C P P U T
R E S T A N G N A S M U L P R A G U S
C Z S C Y D O B E C N G M X A N V D Q
Y P P Z F I Z M S D Y M I P Q M U T R
E V E G D U F Q G Z E D H M T E G T I
K P A E C O O K I E S H N T H I E Z S
R Z W R O Q R Y Q R F P C A N R O D M
U W U K G B W N T F M K M U C G N U I
T G I N G E R B R E A D E P B K K T S
S W E E T P O T A T O E S H B K F G B
B M M O O Y W C R V V K Q K T H V T L

CANDY CANE
CHOCOLATE
CRANBERRIES
FRUITCAKE
SUGARPLUMS
NOEL
CLOVES
COOKIES
EGGNOG
FUDGE
GOOSE
GRAVY
HAM
GINGERBREAD
MINCEMEAT
PUMPKIN PIE
SCRUMPTIOUS
SWEET POTATOES
ORANGES
STUFFING
TURKEY
NUTS

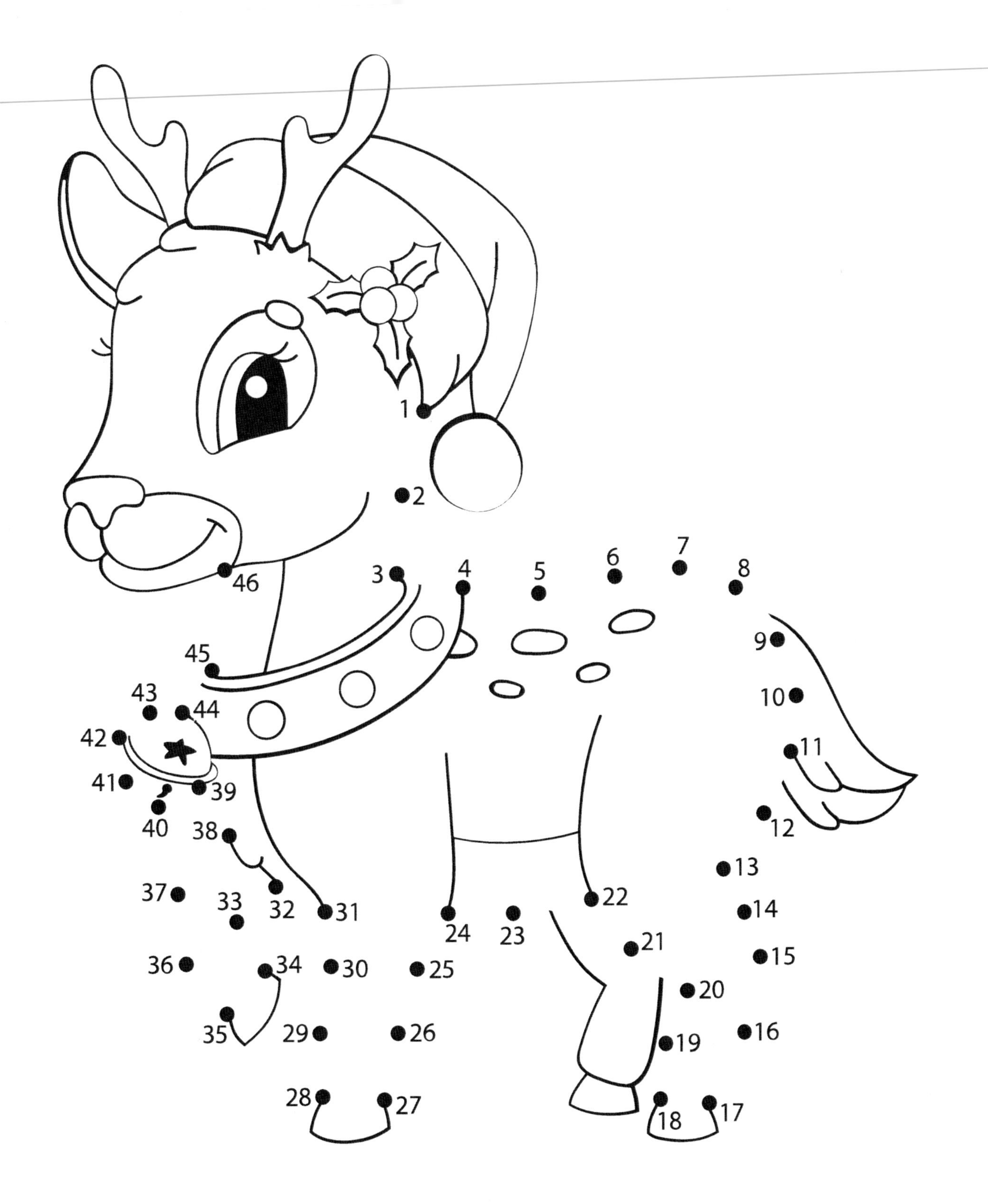

# Can you find me?

# A CHRISTMAS CAROL WORD SEARCH

| | | | | | | | | | | | | | | | | | | |
|---|---|---|---|---|---|---|---|---|---|---|---|---|---|---|---|---|---|---|
| H | V | B | E | L | L | E | T | O | W | Q | C | L | D | R | C | X | Z | A |
| B | C | C | A | E | M | O | C | O | T | T | E | Y | A | Q | L | V | R | N |
| H | G | X | W | D | D | M | A | X | T | W | N | T | J | E | X | B | A | A |
| Z | Q | O | E | N | G | O | I | S | Y | T | R | E | V | O | P | B | X | J |
| N | A | R | Z | K | E | M | A | R | L | E | Y | S | B | D | Q | M | N | B |
| O | Q | I | S | A | N | P | Q | G | Y | B | H | U | M | B | U | G | W | N |
| V | C | A | G | N | Q | A | H | Q | Y | T | N | K | Q | O | G | M | B | O |
| E | O | R | H | L | N | H | Q | E | I | I | S | C | R | O | O | G | E | I |
| L | Z | E | O | C | A | L | J | B | W | H | W | Q | I | Q | Z | D | D | S |
| L | K | K | S | S | S | T | G | Q | C | C | U | A | H | X | R | Y | Z | S |
| A | B | C | T | O | P | W | S | R | I | T | G | C | I | R | A | T | T | A |
| U | W | O | D | U | R | N | R | O | G | A | M | I | S | E | R | I | T | P |
| B | C | N | N | F | O | T | M | D | N | R | S | P | W | Q | R | R | I | M |
| J | H | K | A | N | O | O | N | V | I | C | O | F | Y | I | J | A | N | O |
| W | P | O | L | J | P | M | Z | E | O | C | F | U | P | S | I | H | Y | C |
| E | G | X | G | F | J | V | O | S | S | H | K | S | V | R | B | C | T | X |
| Y | I | N | N | D | R | O | G | F | R | E | Z | E | N | E | B | E | I | Q |
| D | Q | Z | E | U | X | Q | S | X | V | E | R | C | N | Q | V | Q | M | Z |
| N | J | W | A | H | L | X | E | M | M | A | K | P | G | S | J | K | T | S |

BELLE
CHARITY
CRATCHIT
DICKENS
GHOST
ENGLAND
HUMBUG
SPIRITS

COMPASSION
EBENEZER
KNOCKER
NOSTALGIA
NOVELLA
POVERTY
YET TO COME
TINY TIM

MARLEY
MISER
NEPHEW
PAST
POOR
PRESENT
SCROOGE

1
2
3
4
5
6
7
8
9
10
11
12
13
14
15
16
17
18
19
20
21
22
23
24
25
26
27
28
29
30
31
32
33
34

# Can you find me?

# CHRISTMAS MOVIES WORD SEARCH

G M N D C X E L I G A R Y T
R O Y A L G R I N C H E D C
I L L A A L H C I Y L S T I
S S U L R N P O I U G I A N
W L E C K C L U U E Y M E D
O A F M Y C O S A C R T E Y
L X A M B U D I E R A A C L
D E A T E G U N B O L E H O
D Y F H H I R E U C P H A U
H L D L R S C D D B H T R W
E L Y L H H J D D R I C L H
I B U M B L E I Y F E L I O
F R O S T Y L E Y E N Y E J
T J R J A C K F R O S T B L

RUDOLPH
CHARLIE
FROSTY
BUMBLE
GRINCH
CLARK
JACK FROST
HEAT MISER
RALPHIE
COUSIN EDDIE
GRISWOLD
CINDY LOU WHO
MAX
ELF
LUCY
BUDDY

1
2
3
4
5
6
7
8
9
10
11
12
13
14
15
16
17
18
19
20
21
22
23
24
25
26
27
28
29
30
31
32
33
34
35
36
37
38
39
40
41
42
43
44
45
46
47
48
49
50
51
52
53
54
55
56
57
58
59
60
61
62
63

# CHARLIE BROWN CHRISTMAS WORD SEARCH

```
J C
S M
A H B E
D E Q O
R I P J S A
M X H E K A
M N C E M A M Q
W N A R O T Z O
F Q I R D L I E P P
L R W D C I N S M D
G I V C S J D G A X F D
V N S A N T A C L A U S
P O U S A L L Y W C Q W G V
R E S T R E E Q M U S I C Z
D E S C H R O E D E R E K S B C
L S F Y O P J A T B D A X K N S
Q B E R S M L S S N O W F L A K E S
A Q N I O F A M I L Y T V P I J O F
A R L T E V C Y J M Y F P D Q V I O A L
P U V S N I S Q C M L I G H T S L U C Y
D C T L X D C H A R L I E B R O W N M Q B R
R E Q O G S Y H L J K R V F V T X B A H Q X
R O N S P I G P E N L T W N U N U P A G W D L E
T G M I S T L E T O E A N G E L S U P N Y S S Y
M E R R Y J V D Y M S N O O P Y K C H R I S T M A S
E R L O K R A I C E A R O R N A M E N T B A H X R I
Q F Y D
K N M C
K P Y T
T E O J
```

ANGEL
CARDS
FAMILY
FRIENDS
HOLIDAY
LIGHTS
LINUS
LUCY
MERRY

CHARLIE BROWN
CHRISTMAS
MISTLETOE
ORNAMENT
PIGPEN
PLAY
SALLY
SANTA CLAUSE
SCHROEDER

SHEPHERD
SKATING
SNOOPY
TREE
MUSIC

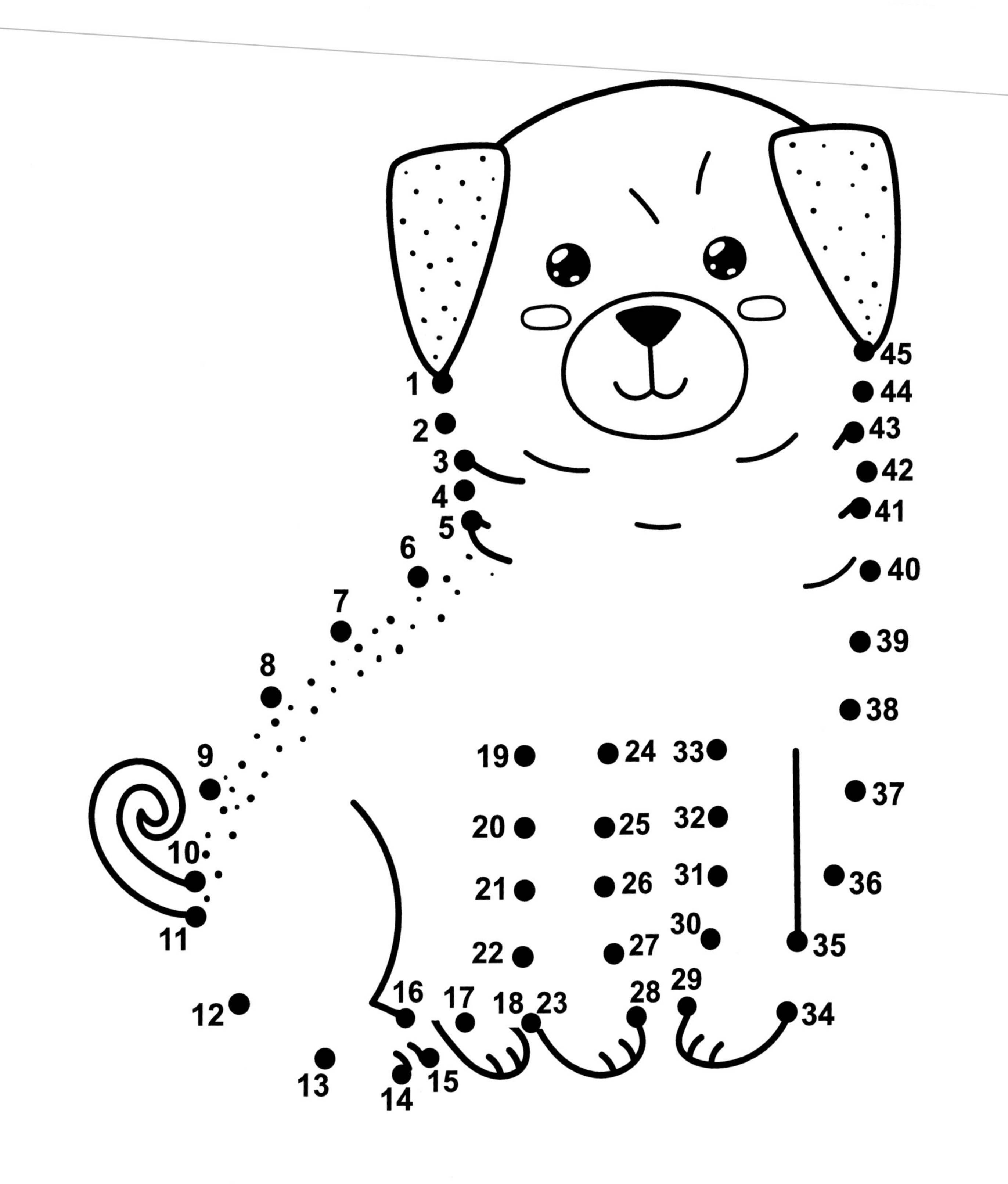

# Can you find me?

# NORTH POLE WORD SEARCH

| | | | | | | | | | | | |
|---|---|---|---|---|---|---|---|---|---|---|---|
| P | O | L | A | R | B | E | A | R | S | Z | R |
| O | B | A | Z | G | R | E | B | E | C | I | E |
| L | W | T | K | P | A | R | A | G | H | P | E |
| E | I | L | A | A | B | I | T | A | Y | I | D |
| S | P | W | T | M | T | C | E | S | W | A | N |
| T | F | V | E | T | I | H | W | U | I | W | I |
| A | F | U | X | T | C | G | G | R | W | D | E |
| R | C | R | C | A | E | O | P | L | O | K | R |
| D | R | R | O | P | F | C | X | A | N | D | C |
| I | A | R | R | S | B | P | Q | W | S | Y | F |
| N | C | U | I | Y | T | F | H | G | P | R | L |
| N | O | R | T | H | P | O | L | E | X | D | S |

POLAR BEARS
ICEBERG
POLE STAR
NORTH POLE
REINDEER
WALRUS

SNOW
ARCTIC
WHITE
FROST
ICE

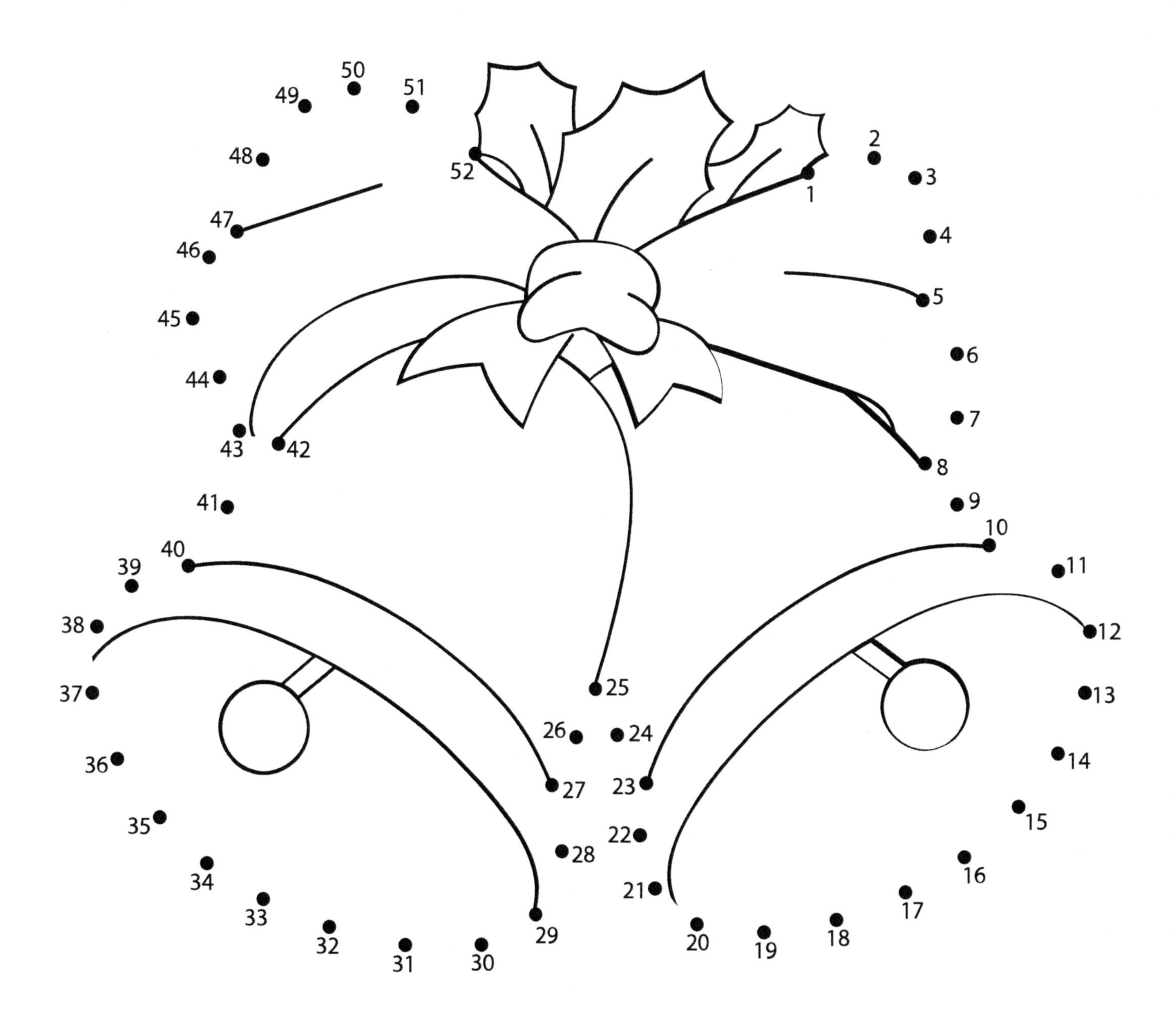
1
2
3
4
5
6
7
8
9
10
11
12
13
14
15
16
17
18
19
20
21
22
23
24
25
26
27
28
29
30
31
32
33
34
35
36
37
38
39
40
41
42
43
44
45
46
47
48
49
50
51
52

# Can you find me?

# SANTA'S SLEIGH WORD SEARCH

| | | | | | | | | | | | | | | |
|---|---|---|---|---|---|---|---|---|---|---|---|---|---|---|
| R | R | M | N | M | O | H | R | E | N | N | O | D | A | P |
| F | E | D | P | S | R | F | O | O | R | E | H | S | A | D |
| S | C | I | E | A | S | E | S | S | A | L | G | B | I | R |
| A | N | N | N | E | M | D | E | L | I | V | E | R | Y | E |
| T | A | S | D | D | P | B | L | I | T | Z | E | N | S | I |
| N | R | T | I | R | E | S | S | R | E | C | N | A | D | N |
| A | P | H | P | S | H | E | H | S | T | H | G | I | N | S |
| S | H | G | U | U | A | O | R | I | L | M | O | V | E | P |
| E | O | I | C | T | H | M | O | D | R | L | I | A | F | A |
| V | V | L | B | O | X | N | T | E | R | X | E | A | W | C |
| L | V | E | H | Y | S | T | D | S | E | I | S | B | O | K |
| E | L | O | P | H | T | R | O | N | I | T | V | M | N | A |
| T | Y | D | A | E | T | S | Y | K | S | R | E | E | S | G |
| M | M | T | S | T | F | I | G | E | G | T | H | H | E | E |
| R | R | G | N | G | N | I | T | I | C | X | E | C | V | S |

| | | | |
|---|---|---|---|
| BELLS | BLITZEN | ELVES | DONNER |
| BOX | CHRISTMAS | GIFTS | HO HO HO |
| COMET | DANCER | LIGHTS | GLASSES |
| CUPID | DASHER | MAP | NORTHPOLE |
| DRIVE | DELIVERY | MOVE | PACKAGES |
| FAST | DIRECTIONS | NIGHT | PRANCER |
| RED | REINDEER | REINS | SEATBELT |
| ROOF | VIXEN | SANTA | STEADY |
| SKY | SNOW | SPEED | EXCITING |

# Can you find me?

# ELF ON THE SHELF WORD SEARCH

T A O T M E A M M E R H R J E
A C H R I S T M A S E H I S D
T R E L E H O C G I M N L K E
R S Y A C M E H I R G L D T C
A T A U T H L O C L O L C P E
D N D I I Y O K E O R R R M M
I E I E I O P E K L T S E I B
T S L J L T H A A H O T I S E
I E O D E F T N L T A H N C R
O R H T L N R L F L I H D H T
N P N E A T O L W R S I E I I
I I H S M E N H O L R F E E G
M S S E S O U C N E E T R F K
T J P O E A D T S S E R N S T
M L S C O U T S H J M E C F T

SNOWFLAKE
CHRISTMAS
PRESENTS
TRADITION
MISCHIEF
MAGIC

SANTA
ELF
SCOUT
TOY
SHELF

REINDEER
HOLIDAY
NORTH POLE
JINGLE
DECEMBER

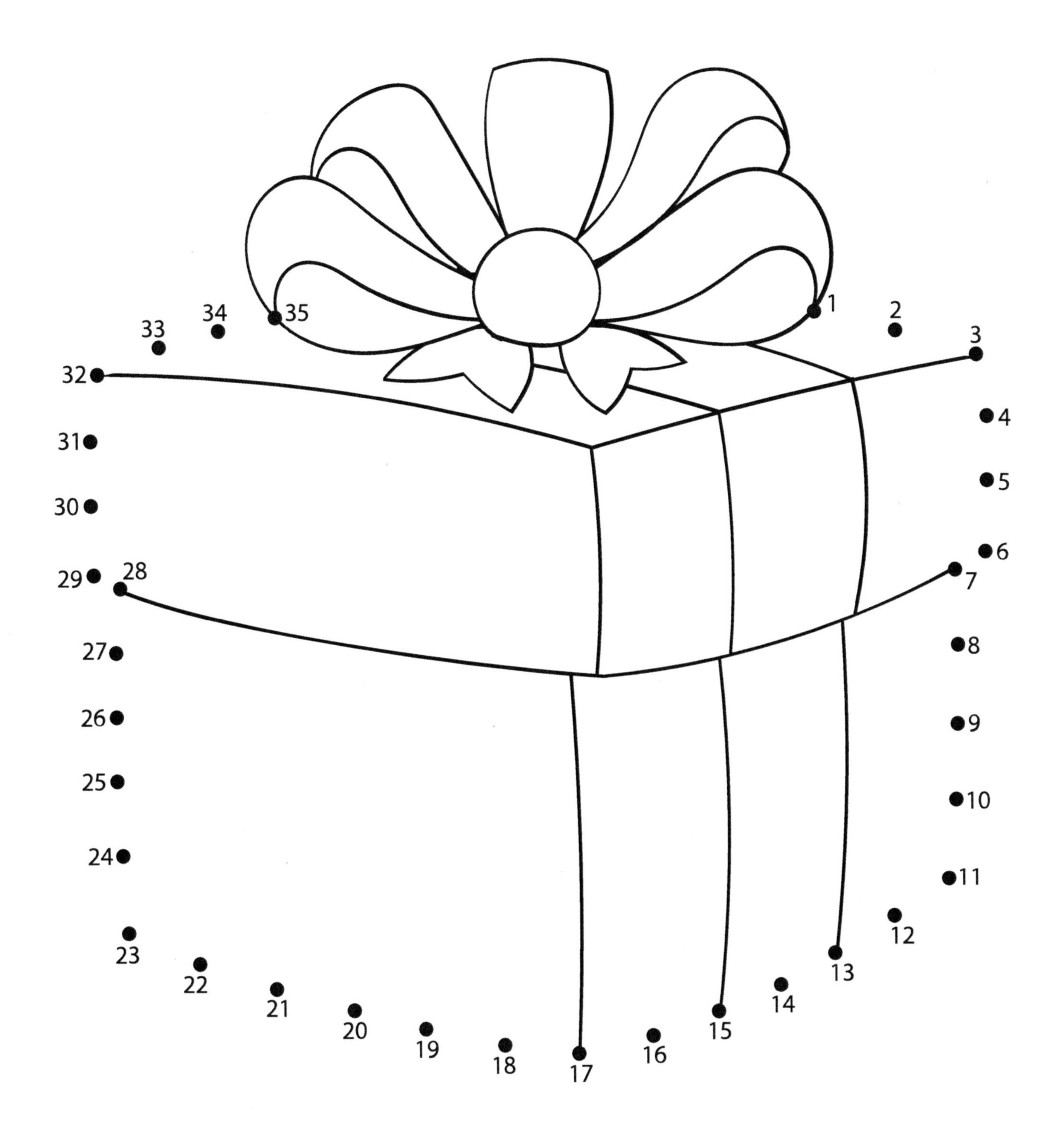
1
2
3
4
5
6
7
8
9
10
11
12
13
14
15
16
17
18
19
20
21
22
23
24
25
26
27
28
29
30
31
32
33
34
35

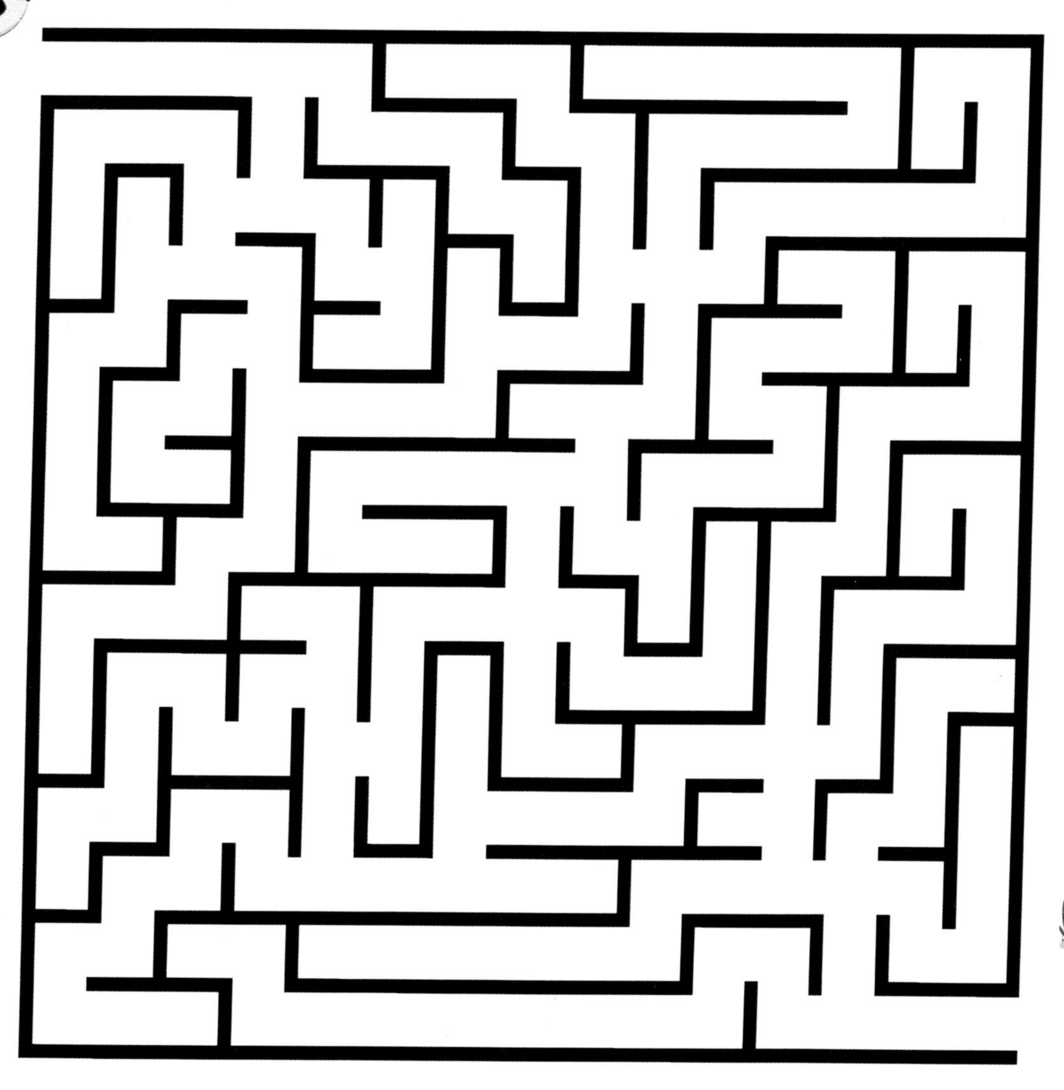

# Can you find me?

# CHRISTMAS WORD SEARCH

| | | | | | | | | | | | | | | |
|---|---|---|---|---|---|---|---|---|---|---|---|---|---|---|
| F | C | O | O | R | E | I | N | D | E | E | R | D | F | D |
| G | I | F | P | R | E | S | T | G | E | R | S | G | L | G |
| I | H | O | L | I | D | A | Y | I | D | U | N | H | R | H |
| O | S | L | E | O | T | F | F | F | C | D | E | O | E | O |
| B | L | P | H | N | V | N | D | T | V | O | S | L | B | T |
| J | N | B | A | Q | C | S | S | S | B | L | N | F | D | Q |
| O | W | S | W | E | N | O | R | T | H | P | O | L | E | S |
| N | T | J | T | D | M | P | O | D | M | H | W | D | E | D |
| S | T | O | C | K | I | N | G | K | T | U | G | V | R | G |
| Y | N | L | Y | H | R | S | N | H | I | J | L | D | O | H |
| Q | S | L | E | I | G | H | I | U | E | E | U | A | N | U |
| N | H | Y | C | H | R | I | S | T | M | A | S | Y | S | G |

CHRISTMAS
COOKIES
STOCKING
HOLIDAY
RUDOLPH

SANTA
ELVES
SNOW
GIFTS
JOLLY

SLEIGH
REINDEER
NORTH POLE

Joy

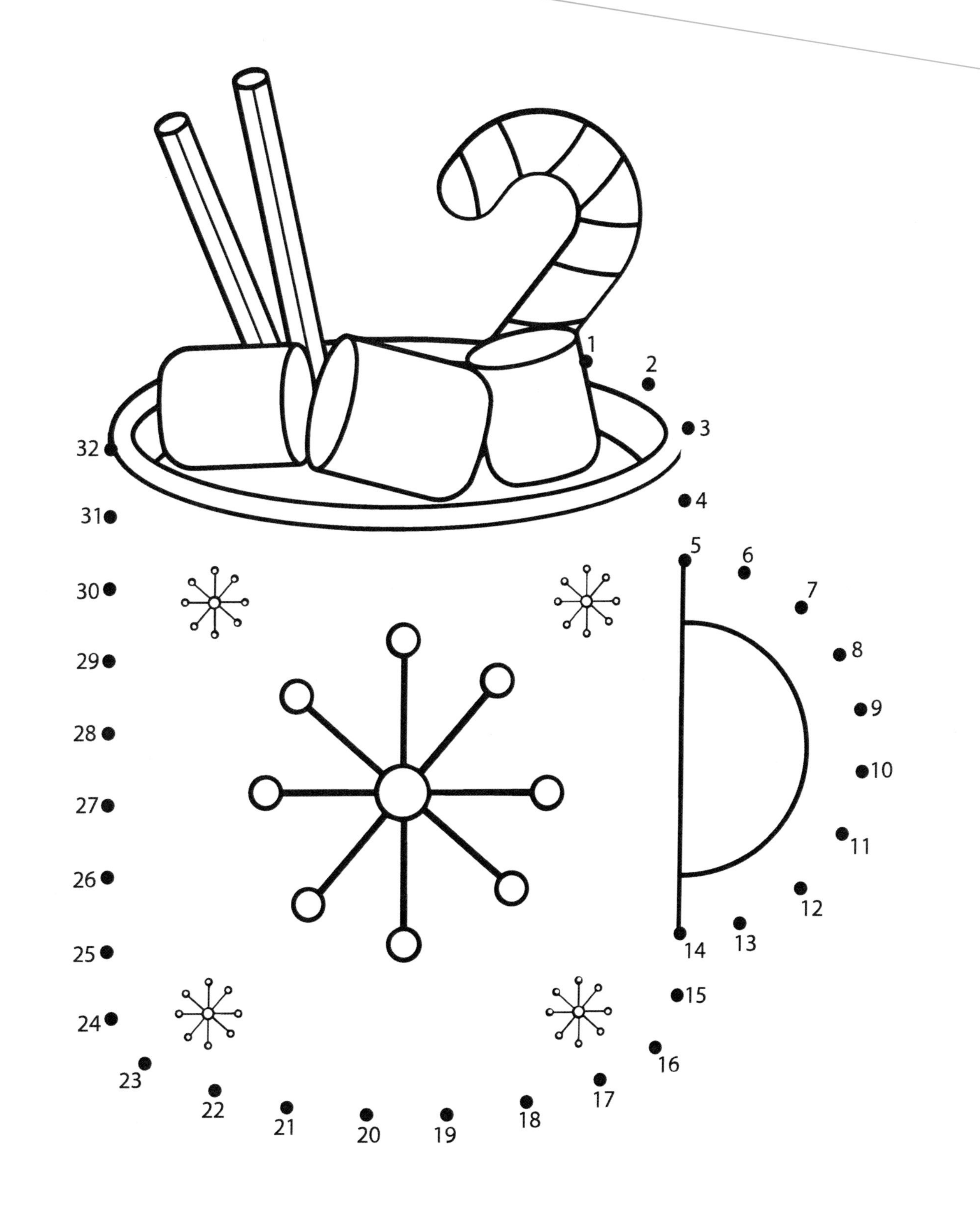
1
2
3
4
5
6
7
8
9
10
11
12
13
14
15
16
17
18
19
20
21
22
23
24
25
26
27
28
29
30
31
32

# Can you find me?

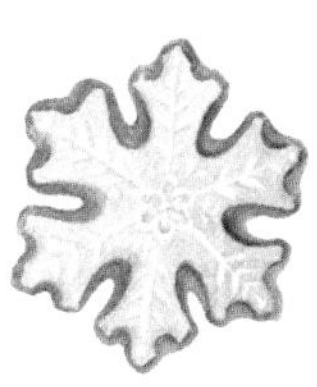

# CHRISTMAS COOKIES WORD SEARCH

K Z W K R C A N D Y C A N E S P B
U I A C O O K I E C U T T E R S P
S N U I C I N G Z H P Q Q Q Q Z R
U C N Q X Y M J A U B J I P A T A
E O T Z I I B U Y D A U L J B T V
Z O F A R P F Y W E K O S M N R U
Q K U I O E P W I C I R J Z K M Z
L I T I Y J Y S M O N I N L L H O
C E P D A O T G Z R G M Z Q X Y H
O D Q J L F L S X A H C W U Z S R
O O Q T I X H D R T R H P W A U L
K U C D C E O H K I Y R V U W G S
I G S X I N L T P N F I B B B A D
E H E F N O I F M G P S H K F R V
S J Y L G D D O H B H I B Z Y C N
W X D Y Y S A K A K I M N K I O Y
D I V V A M Y X J M M A N X A O W
A O L C C H K W S J F S R Q L K N
I L C O O K I E R E C I P E S I K
F G I N G E R B R E A D H G D E K
C K Y F E S T I V E T R E A T S S
W N N S P R I N K L E S T M T E K

CHRISTMAS
COOKIES
BAKING
HOLIDAY
ICING

GINGERBREAD
SUGAR COOKIES
COOKIE CUTTERS
DECORATING
ROYAL ICING

SPRINKLES
CANDY CANES
FESTIVE TREATS
COOKIE RECIPES
COOKIE DOUGH

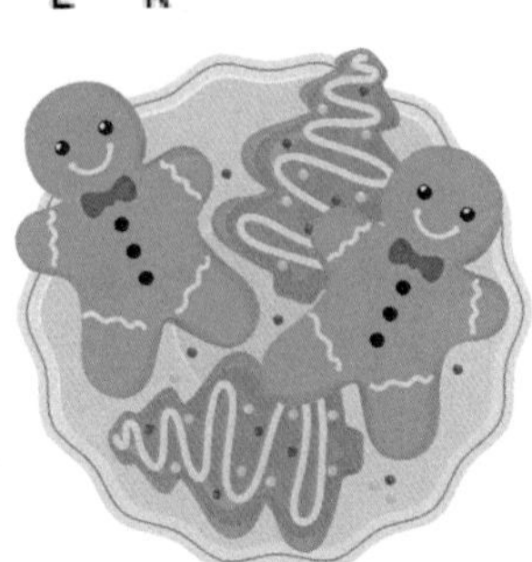

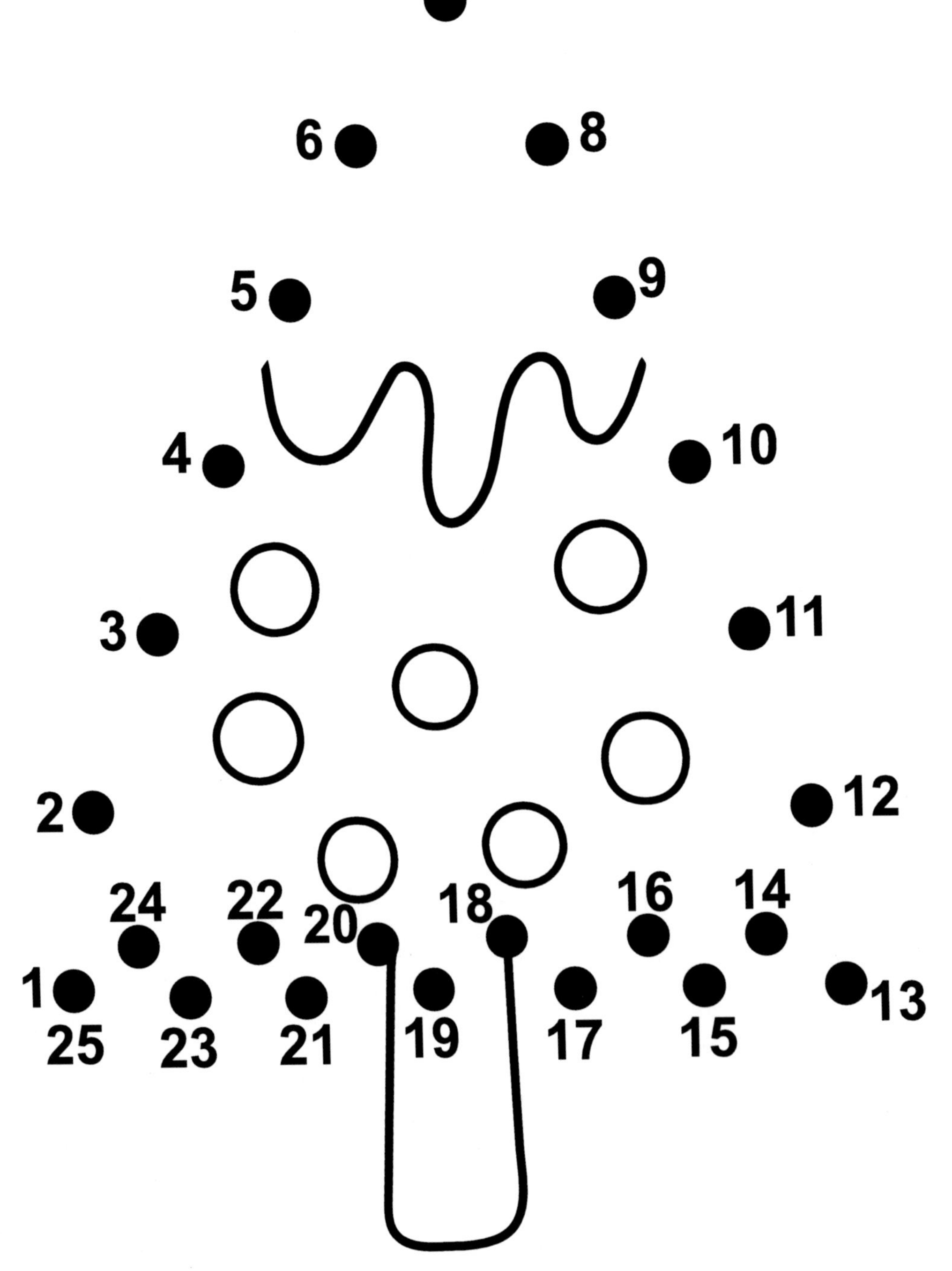
7
6
8
5
9
4
10
3
11
2
12
24
22
20
18
16
14
1
13
25
23
21
19
17
15

# Can you find me?

# Can you find me?

# Can you find me?

Made in the USA
Monee, IL
20 December 2024